VENTE

du Vendredi 13 Février 191

HOTEL DROUOT, SALLE N° 10

A 3 HEURES

EXPOSITION PUBLIQUE

Le Jeudi 12 Février 1914

DE 2 A 6 HEURES

TABLEAUX

PAR

Albert ÉDOUARD

Hors Concours

Me Robert **BIGNON**

COMMISSAIRE-PRISEUR

M. F. MARBOUTIN

EXPERT

IMPRIMERIE   ARTISTIQUE
C. CHAUFOUR
3-5, Rue Milton   PARIS (IX')

CATALOGUE

TABLEAUX

PAR

Albert ÉDOUARD

Membre de la Société des Artistes Français

(HORS CONCOURS)

Provenant de son Atelier

DONT LA VENTE AURA LIEU A PARIS

HOTEL DROUOT — SALLE N° 10

Le Vendredi 13 Février 1914

A TROIS HEURES

Me ROBERT BIGNON	M. F. MARBOUTIN
COMMISSAIRE-PRISEUR	PEINTRE-EXPERT
41, *Rue de la Victoire*, 41	2, *Rue de Marseille*, 2

EXPOSITION PUBLIQUE :

Le Jeudi 12 Février 1914, de 2 heures à 6 heures

CONDITIONS DE LA VENTE

La vente sera faite au comptant.

Les acquéreurs paieront dix pour cent en sus des enchères

NOTES BIOGRAPHIQUES

EDOUARD (ALBERT), *né à Caen.*

Elève de Cogniet, de Gérôme et d'Elie Delaunay.

Médaille de 3ᵉ classe en 1882.

Médaille de 2ᵉ classe en 1885.

Exposition Universelle de 1889, médaille de 3ᵉ classe.

Hors Concours

DÉSIGNATION

TABLEAUX

1 — Idylle Normande.
Salon de 1890.
Toile.   Haut.: o^m51 ; Larg.: o^m61

2 — Femmes d'Orient.
Toile.   Haut. : o^m46 ; Larg. : o^m65.

3 — Sur les Terrasses, le soir.
Toile.   Haut. : o^m54 ; Larg. . o^m42.

4 — Canal à Venise.
Salon de 1909.
Panneau.   Haut. : o^m35 ; Larg. : o^m27.

5 — Jeune Napolitaine.
Toile.   Haut. : o^m41 ; Larg. : o^m33.

6 — **La Cueillette des pommes.**
Toile. Haut. : 0m65 ; Larg. : 0m46.

7 — **Vue du Pont-Neuf.**
Toile. Haut. : 0m34 ; Larg. : 0m55.

8 — **Femme au Tambourin.**
Toile, Haut. : 0m55 ; Larg. : 0m33.

9 — **Une Muse.**
Toile. Haut. : 0m46 ; Larg. : 0m33.

10 — **A Victor-Hugo.**
Toile. Haut. : 0m35 ; Larg. : 0m24.

11 — **Le Lac d'Annecy. Matin.**
Salon de 1904.
Toile. Haut. : 0m33 ; Larg. : 0m55.

12 — **Diane surprise.**
Toile marouflée sur carton. Haut. : 0m36 ; Larg. : 0m21.

13 — **Jeune femme lisant.**
Toile. Haut. : 0m41 ; Larg. : 0m33.

14 — **Les Rameaux.**
Toile. Haut. : 0m55 ; Larg. : 0m38.

15 — **Intérieur Normand.**
Toile. Haut. : 0m51 ; Larg. : 0m65.

16 — La Vieille Fileuse. Normandie.

    Toile.   Haut.: 0ᵐ47; Larg.: 0ᵐ65.

17 — La Nuit étend son voile.

    Toile.   Haut.: 0ᵐ41; Larg.: 0ᵐ25.

18 — Jeune Florentine.

    Toile.   Haut.: 0ᵐ50; Larg.: 0ᵐ65.

19 — Partie de pêche.

    Toile.   Haut.: 0ᵐ41; Larg.: 0ᵐ33.

20 — La Petite Classe sous les pommiers.

    Salon de 1911.

    Toile.   Haut.: 0ᵐ54; Larg.: 0ᵐ63

21 — Une Japonaise.

    Toile.   Haut.: 0ᵐ33 ; Larg.: 0ᵐ24.

22 — Le Bassin St-Marc à Venise.

    Toile.   Haut.: 0ᵐ33 ; Larg.: 0ᵐ55.

23 — Jeunes Femmes sur un divan.

    Toile.   Haut.: 0ᵐ35; Larg.: 0ᵐ27.

24 — Odalisque.

    Toile.   Haut.: 0ᵐ33; Larg.: 0ᵐ55.

25 — Thétis se rendant en Thessalie (*Ovide*).

    Salon de 1888.

    Toile.   Haut.: 1ᵐ84; Larg.: 1ᵐ24

26 — Virtuose.

Toile.   Haut. : 0m55; Larg. : 0m33.

27 — Confidences au dieu Pan.

Toile marouflée sur carton.   Haut. : 0m32; Larg. : 0m20.

28 — Jeune femme jouant de la mandoline.

Toile.   Haut. : 0m61; Larg. : 0m46.

29 — Dans la forêt. Fontainebleau.

Toile.   Haut. : 0m41; Larg. : 0m33.

30 — Chrysanthèmes dans un vase.

Toile.   Haut. : 0m65; Larg. : 0m53.

31 — Jeune Femme se coiffant.

Toile.   Haut. : 0m55; Larg. : 0m38.

32 — Un Monument en danger.

Toile.   Haut. : 0m41; Larg. : 0m33.

33 — Marchande d'oranges à Naples.

Toile.   Haut. : 0m55; Larg. : 0m38.

34 — Baigneuse.

Salon de 1906.

Toile.   Haut. : 0m61; Larg. : 0m38.

35 — Attente vaine!

Toile.   Haut. : 0m54; Larg. : 0m41.

36 — Dans le parc de Saint-Cloud.

    Toile.   Haut. : 0m55 ; Larg. : 0m33.

37 — Tunisien sur une terrasse.

    Toile.   Haut.: 0m16 ; Larg. : 0m24.

38 — Le Grand Canal à Venise.

    Panneau.   Haut. : 0m28 ; Larg. : 0m46.

39 — La Méditation.

    Salon de 1912.

    Toile.   Haut.: 0m61 ; Larg.: 0m50.

40 — Une Charge trop lourde.

    Toile.   Haut. : 0m41 ; Larg. 0m33.

41 — Tête de femme.

    Toile.   Haut. : 0m46 ; Larg. : 0m38.

42 — La Jeune artiste.

    Toile.   Haut.: 0m41 ; Larg.: 0m33.

43 — Femme couchée.

    Toile.   Haut. : 0m24 ; Larg, : 0m35.

44 — La Salute à Venise.

    Panneau.   Haut. : 0m28 ; Larg.: 0m47.

45 — Jeune femme aux bleuets.

    Toile,   Haut. : 0m41 ; Larg. : 0m33.

46 — La Partie de loto. Quine!
Salon de 1898.
Toile.   Haut. : 0ᵐ46; Larg. : 0ᵐ55.

47 — Le Vésuve avant la dernière éruption.
Toile marouflée sur panneau.   Haut.: 0ᵐ24; Larg.: 0ᵐ41.

48 — Femme d'Orient.
Panneau.   Haut.: 0ᵐ33; Larg. : 0ᵐ24.

49 — Marchande d'oranges. Via Barbara à Naples.
Toile.   Haut. : 0ᵐ55; Larg. : 0ᵐ33.

50 -- Jeune femme regardant des dessins.
Toile.   Haut. : 0ᵐ41; Larg. : 0ᵐ33.

51 — La Marne à Champigny.
Toile marouflée sur pannea.u   Haut. : 0ᵐ38; Larg. : 0ᵐ55.

52 — Atelier de jeunes filles.
Toile.   Haut. : 0ᵐ53; Larg. : 0ᵐ63.

53 — Le Lac d'Annecy.
Toile.   Haut.: 0ᵐ33; Larg. : 0ᵐ55.

54 — Femme de Tunis.
Toile.   Haut.: 0ᵐ32; Larg.: 0ᵐ24.

55 — Enfants dessinant un héron.
Panneau.   Haut.: 0ᵐ35; Larg.: 0ᵐ27.

56 — A Lamartine. Le Poète porté par la Muse.
   Toile.   Haut. : 0m85 ; Larg. : 0m70.

57 — A la recherche des morilles.
   Toile.   Haut. : 0m38 ; Larg. : 0m55.

58 — Jeune femme peignant.
   Toile.   Haut. : 0m55 ; Larg. : 0m33.

59 — Muse.
   Toile.   Haut.: 0m33 ; Larg. : 0m24.

60 — Jeune Orientale à l'écran.
   Toile.   Haut.: 0m30 ; Larg.: 0m26.

61 — Bords de Marne.
   Toile marouflée sur carton.   Haut. : 0m27 ; Larg. : 0m45.

62 — Intérieur de harem.
   Toile.   Haut. : 0m33 ; Larg. : 0m24.

63 — Thétis se rendant en Thessalie.
   Etude pour le tableau n° 25.
   Toile.   Haut. : 0m46 ; Larg. : 0m33.

64 — Jeune femme faisant du crochet.
   Toile.   Haut. : 0m33 ; Larg. : 0m24.

65 — Femmes d'Alger.
   Toile.   Haut. : 0m55 ; Larg. : 0m33.

66 — Artiste commençant un tableau.

Toile.   Haut. : 0^{m}54: Larg. : 0^{m}63.

67 — Femme à l'écran.

Toile.   Haut. : 0^{m}24; Larg. : 0^{m}33.

68 — Jeune femme appuyée sur un livre.

Panneau.   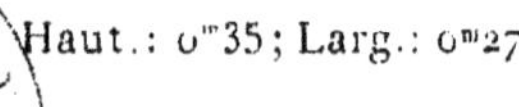   Haut.: 0^{m}35; Larg.: 0^{m}27.

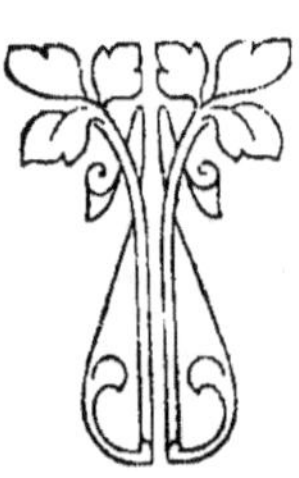